Pierre-Jules F

Apprécier les Caractères Anatomiques de la Péricardite. De l'Éclampsie après l'Accouchement.

Présenté et publiquement soutenue à la Faculté de Médecine de Montpellier, le 1er août 1838, pour obtenir le grade de docteur en médecine.

Pierre-Jules Reynes

Apprécier les Caractères Anatomiques de la Péricardite. De l'Éclampsie après l'Accouchement.

Présenté et publiquement soutenue à la Faculté de Médecine de Montpellier, le 1er août 1838, pour obtenir le grade de docteur en médecine.

Réimpression inchangée de l'édition originale de 1838.

1ère édition 2024 | ISBN: 978-3-38509-515-1

Verlag (Éditeur): Outlook Verlag GmbH, Zeilweg 44, 60439 Frankfurt, Deutschland
Vertretungsberechtigt (Représentant autorisé): E. Roepke, Zeilweg 44, 60439 Frankfurt, Deutschland
Druck (Imprimerie): Libri Plureos GmbH, Friedensallee 273, 22763 Hamburg, Deutschland

SERMENT.

Moi, CLÉDE, en présence des Maîtres de cette École, de mes chers condisciples et devant l'effigie d'Hippocrate, je promets et je jure, au nom de l'Être Suprême, d'être fidèle aux lois de l'honneur et de la probité dans l'exercice de la médecine. Je donnerai mes soins gratuits à l'indigent, et n'exigerai jamais un salaire au-dessus de mon travail. Admis dans l'intérieur des maisons, mes yeux n'y verront pas ce qui s'y passe; ma langue taira les secrets qui me seront confiés, et mon état ne servira pas à corrompre les mœurs, ni à favoriser le crime. Respectueux et reconnaissant envers mes Maîtres, je rendrai à leurs enfans l'instruction que j'ai reçue de leurs pères.

Que les hommes m'accordent leur estime, si je suis fidèle à mes promesses! que je sois couvert d'opprobre et méprisé de mes confrères, si j'y manque!

Apprécier les caractères anatomiques
DE LA PÉRICARDITE.

DE L'ÉCLAMPSIE APRÈS L'ACCOUCHEMENT.

Quels sont les phénomènes de la respiration
DANS LES VÉGÉTAUX,

et quelles sont les parties de la plante qui sont spécialement
le siége de cette fonction?

Quelle est la partie principale
DE L'APPAREIL AUDITIF.

THÈSES

PRÉSENTÉES ET PUBLIQUEMENT SOUTENUES

A LA FACULTÉ DE MÉDECINE DE MONTPELLIER,

le 1er Août 1838,

PAR

Pierre-Jules Reynes,

DE MONTPEYROUX (HÉRAULT),

POUR OBTENIR LE GRADE DE DOCTEUR EN MÉDECINE.

Ratio et observatio.

MONTPELLIER,

J. MARTEL AÎNÉ, IMPRIMEUR DE LA FACULTÉ DE MÉDECINE,
rue de la Préfecture, 10.

1838.

AU MEILLEUR DES PÈRES

et à la plus tendre des Mères.

Amour filial.

A MES FRÈRES

ET A MES SOEURS.

Amitié inaltérable.

A MA GRAND'-MÈRE,

MES ONCLES ET MES TANTES.

Respectueux attachement.

J.-P. REYNES.

SCIENCES CHIRURGICALES.

Apprécier les caractères anatomiques de la péricardite.

I. — La péricardite est l'inflammation aiguë ou chronique de la membrane séreuse qui tapisse toute la face interne du sac fibreux du péricarde, le commencement des gros vaisseaux et le cœur qu'elle revêt en entier. Le mot *péricardite* semblerait indiquer une affection de la totalité du péricarde ; mais comme sa membrane fibreuse n'a jamais offert aucune espèce d'altération, c'est à la séreuse seulement qu'on applique cette dénomination.

L'inflammation du péricarde, comme celle de toutes les membranes de sa nature, offre une rougeur plus ou moins marquée, des pseudo-membranes et un épanchement séro-purulent. Nous allons donc examiner ces différents caractères anatomiques, en y joignant les complications qu'on rencontre si souvent dans la péricardite.

II. — Dans cette affection, la séreuse n'offre pas toujours de la rougeur, ou bien, si l'on en trouve, elle est souvent peu marquée. A la suite du premier degré de péricardite aiguë, la face interne de la membrane est rouge, livide, marbrée; cette rougeur n'existe-t-elle encore que par endroits, et l'on dirait que la séreuse est couverte çà et là de petites taches de sang très-rapprochées les unes des autres. Souvent, quoique l'inflammation paraisse avoir été très-forte, à en juger par l'épaisseur des fausses membranes, on ne trouve aucune rougeur à la surface interne de la séreuse : c'est ce qu'on observe presque toujours dans les péricardites chroniques, car, si l'on enlève les fausses membranes (et en général elles cèdent avec facilité), on trouve la séreuse phlogosée, quelquefois inégale, d'un rouge très-pâle et comme blanchie par la substance qui la recouvrait.

III. — L'inflammation du péricarde est accompagnée de la formation d'un fluide qui, à l'instar du sang, se sépare en deux parties : l'une, liquide, plus ou moins trouble, dont nous parlerons plus bas ; l'autre, concrète, fibrineuse, qu'on désigne sous les noms de pseudo ou fausses membranes, lymphe plastique, coagulable, organisable, qui revêt le cœur, les gros vaisseaux et la surface du péricarde opposée à ces organes. Cette exsudation albumineuse diffère de la membrane pleurétique, en ce que, au lieu de former une couche égale et unie, elle offre le plus souvent un grand nombre de parties saillantes, rugueuses et informes. Laennec donne quelquefois aux fausses membranes de la péricardite un aspect mamelonné et tout-à-fait semblable à celui que présenteraient deux plaques de marbre, unies par une couche assez épaisse de beurre et séparées brusquement (1). D'autres fois, d'après Corvisart (2), elles représentent assez bien la surface interne du bonnet ou second estomac de veau (3).

L'exsudation albumineuse de la péricardite est ordinairement plus consistante, plus épaisse et plus adhérente aux parties auxquelles elle est appliquée, que les fausses membranes pleurétiques; sa couleur est d'un jaune pâle analogue à celui du pus.

(1) La conformation mamelonnée de cette fausse membrane a donné lieu à une singulière méprise dans un cas cité par Laennec (*Auscult. médiat.*, tom. II, pag. 369). Dans un sujet mort de la petite-vérole, des médecins ayant trouvé une péricardite semblable prirent la membrane bosselée qui revêtait le cœur pour une éruption varioleuse de cet organe.

(2) *Maladies du cœur et des gros vaisseaux*, pag. 19.

(3) On les a comparées encore à des poils, à la langue d'un chat ; on a dit qu'elles donnaient au cœur la forme d'un ananas ou d'une pomme de pin.

Entre les deux pseudo-membranes se trouve souvent une quantité plus ou moins considérable d'un
liquide séro-purulent, qui les empêche de contrac-
ter des adhérences entre elles, du moins assez intimes pour qu'elles ne semblent en faire qu'une.
Mais lorsque, dans une péricardite de longue durée,
le liquide vient à être absorbé, les deux pseudo-
membranes, celle qui revêt le péricarde et celle
qui revêt le cœur, étant immédiatement appliquées
l'une contre l'autre, finissent par se coller; et il est
d'autant plus difficile de les séparer que l'exsudation est plus ancienne.

Les travaux de Corvisart et de plusieurs autres
savants ont certes jeté beaucoup de jour sur les
maladies du cœur et de ses dépendances. Leurs pro-
fondes et nombreuses observations doivent nous
faire regarder l'histoire de ces maladies comme à
peu près achevée; pourtant ils ont laissé des faits
à éclaircir, et leurs opinions varient, non-seulement
sur l'existence des caractères anatomiques, mais
encore sur les accidents que peuvent produire les
adhérences du cœur au péricarde.

Rarement, dit Laennec (1), la péricardite est
accompagnée d'une exsudation pseudo - membra-
neuse, et lorsqu'elle existe, la fausse membrane
est mince, molle, friable, et ressemble tout-à-fait

(1) *De l'auscult. médiat.*, tom. II, pag. 376.

à une couche de pus très-épais. Andral, au contraire
(Clinique médicale), trouve dans les péricardites
chroniques des pseudo - membranes assez fortes,
assez denses pour s'opposer à la liberté des mouvements du cœur et provoquer les symptômes qui
caractérisent l'anévrysme de cet organe. Toutefois,
en admettant l'existence des fausses membranes et
par suite des adhérences dans la péricardite chronique comme dans la péricardite aiguë, nous ver-
rons encore une grande différence d'opinions.

IV. — Lorsque la guérison a lieu, l'exsudation
albumineuse finit par se transformer, au bout d'un
temps plus ou moins long, en tissu cellulaire,
ou plutôt en lames de la nature des membranes
séreuses; car, en les examinant avec attention,
on voit que chacune des pseudo - membranes du
péricarde et du cœur a formé une espèce de sac
aplati, dans le milieu duquel se trouvent de petits
vaisseaux sanguins; on aperçoit très-bien ces sacs
séreux adossés l'un contre l'autre, ayant, par con-
séquent, comme toutes les membranes séreuses
naturelles, une surface adhérente et une surface
exhalante. Quelquefois les lames qui forment les
adhérences sont très-longues; d'autres fois, au contraire, elles sont tellement courtes, que le feuillet
fibreux du péricarde semble adhérer intimement
au cœur. Les uns pensent que ces adhérences pro-

duisent constamment des palpitations; les autres,
qu'elles rendent le pouls habituellement petit ou
déterminent des syncopes fréquentes. Corvisart (1)
ne croit pas qu'on puisse vivre avec une adhérence
complète du cœur au péricarde ; Laennec (2) croit,
au contraire, d'après le nombre de cas de ce genre
qu'il a rencontrés, que l'adhérence du cœur au
péricarde ne trouble souvent en rien l'exercice de
ses fonctions. En effet, il a ouvert un grand nombre
de sujets qui ne s'étaient jamais plaints d'aucun
trouble dans la respiration ou la circulation, et qui
n'en avaient présenté aucun signe dans leur maladie
mortelle, quoiqu'il y eût adhérence intime et totale
des poumons et du cœur. Nous serions de l'avis de
Laennec; car il nous semble que si le tissu adhé-
rent est assez court et assez peu élastique pour obli-
ger le cœur à entraîner le péricarde dans ses mouvements, la nature doit lui donner un surcroît de
forces musculaires, suffisantes pour rétablir l'équi-
libre entre la puissance de ses parois et la résistance
offerte par le sang, plus par les adhérences. Cette
augmentation graduée de puissance serait puisée
dans la résistance elle-même : ainsi l'accroissement
de la force musculaire des bras chez les boulangers,

(1) *Traité sur les maladies du cœur et des gros vaisseaux,*
pag. 34.

(2) *Auscultation médiate*, tom. II, pag. 372.

des jambes chez les danseurs, provient d'un emploi plus grand et plus souvent répété des forces de ces parties, et dépend, pour ainsi dire, de leurs besoins. Ceci sera bien plus facile à comprendre, si, les adhérences étant lentes et graduées dans leur formation, le cœur a le temps de s'habituer aux entraves que cette affection apporte à ses mouvements.

V. — Le produit non coagulable qui accompagne l'inflammation du péricarde, est une sérosité limpide, citrine ou légèrement fauve (1); elle contient peu de fragments d'albumine en suspension, elle en contient rarement assez pour devenir lactescente et trouble. Le liquide n'est ordinairement séro-purulent que quand le malade a succombé en peu de jours, comme dans les autres inflammations des membranes séreuses; mais, plus souvent que dans celle-ci, il est clair et sanguinolent : dans ce dernier cas, la péricardite est dite hémorrhagique. Sa quantité est ordinairement considérable au début de la maladie; on l'a vue souvent s'élever jusqu'à une livre, et Corvisart même cite un cas dans lequel il trouva un épanchement de quatre livres.

(1) L'épanchement séreux de la péricardite diffère de celui de l'hydro-péricarde, en ce que, dans cette dernière maladie, la qualité du liquide contenu dans le péricarde est sensiblement la même que celle de la sérosité normalement sécrétée par cette membrane.

Cette sérosité est absorbée à mesure que l'inflammation tombe. En effet, dans la péricardite aiguë, comparée au volume de l'exsudation albumineuse, sa quantité est souvent moindre ; elle finit même par disparaître , et c'est alors que les deux membranes, pouvant se rapprocher , forment les adhérences dont nous avons parlé plus haut. Comme le dit Laennec (1), il y a quelquefois absence complète de toute sérosité, le péricarde ne produisant qu'un pus concret et sans aucun mélange d'exhalation séreuse; ce pus forme une masse homogène, bien liée , crémeuse, d'une couleur grisâtre ou blanchâtre.

VI. — Avant de parler des complications nombreuses qui marchent presque toujours avec la péricardite, nous dirons deux mots sur une espèce de péricardite encore peu connue , la péricardite partielle.

On trouve assez fréquemment sur le cadavre, soit des taches blanches circonscrites qui occupent quelques points de l'une ou l'autre face du cœur, soit des brides celluleuses qui s'étendent d'un des feuillets du péricarde à l'autre ; on rencontre ces adhérences vers la pointe du cœur. Laennec est porté à croire qu'elles sont l'effet d'une péricardite partielle et de la conversion d'une fausse membrane

(1) *Auscult. médiat.*, tom. II, pag. 370.

albumineuse en tissu cellulaire condensé et mem-
braniforme ; si c'était ainsj (1), les péricardites
partielles ne seraient pas aussi rares qu'on le pense.
Leurs caractères anatomiques sont les mêmes que
ceux de la péricardite générale, avec cette différence pourtant que les fausses membranes ne recou-
vrent que le point affecté. L'épanchement séreux
est quelquefois aussi abondant que dans les péricardites générales, mais le plus souvent il l'est moins ;
l'exsudation albumineuse finit presque toujours par
se transformer en lames séreuses.

Encore quelques mots sur le péricarde, ainsi que
sur l'organe qu'il renferme. Andral, Laennec et
Bouillaud croient avoir découvert des tubercules
dans le péricarde; Bouillaud va même jusqu'à y
trouver des plaques fibreuses, fibro-cartilagineuses,
cartilagineuses, ou même osseuses et calcaires (2).

VII. — Nous terminerons enfin la description
des caractères anatomiques de la péricardite par un
exposé rapide des diverses affections organiques qui
viennent souvent compliquer cette maladie. Ces
affections étant très-nombreuses, nous croyons de-
voir nous en tenir à celles qui se montrent le plus
souvent et qui modifient le plus la maladie.

(1) Divers auteurs, et Corvisart entre autres, ne sont
pas de cette opinion.
(2) *Traité clinique des maladies du cœur,* tom. I, p. 390.

Dans beaucoup de péricardites , et particulière-
ment dans les péricardites chroniques , la substance
musculaire du cœur est ramollie , décolorée et
blanchâtre , décoloration qui paraît provenir d'une
longue immersion de cet organe dans l'épanchement
séreux. D'après Bouillaud, ce ramollissement du
cœur est aussi quelquefois accompagné d'une teinte
rouge foncé des muscles de cet organe.

Rarement avec les adhérences intimes du péricarde se trouve l'atrophie du cœur; souvent, au
contraire, il y a anévrysme (1) : c'est sans doute à
l'hypertrophie de cet organe que l'on doit attribuer
les infiltrations qui surviennent dans les membres
inférieurs, à la face ou à toute autre partie du corps.

Corvisart soupçonne les maladies du cœur de
devenir, dans quelques cas, la cause de phénomènes
singuliers, dont on a cherché à rendre raison par
les rapports des nerfs du cœur avec ceux des parties dans lesquelles s'opèrent ces phénomènes. Il
s'appuie sur plusieurs faits cités par Testa, profes-
seur de Bologne, qui a observé des ophthalmies
rebelles, la fonte d'un seul ou des deux yeux, vers
les dernières périodes des maladies du cœur ; il
donne lui-même l'observation d'une péricardite pendant laquelle la fonte de l'œil droit eut lieu subite-

(1) Corvisart cite un jeune homme dont le cœur avait
atteint la dimension d'un gros cœur de bœuf.

ment ; il pense que la coïncidence de la perte totale ou partielle de la vue avec les affections organiques du cœur n'est pas toujours purement accidentelle. Et en effet, si, par la correspondance des nerfs entre eux, les sens agissent sur les viscères (par exemple, les vomissements qui surviennent à la suite d'une lésion des yeux), pourquoi les viscères malades n'exerceraient-ils pas, à leur tour, la même influence sur les organes des sens ?

La péricardite aiguë est presque toujours compliquée d'une affection des poumons, de la plèvre, du diaphragme, et même de l'estomac et des intestins ; il y a alors une telle confusion de symptômes, une telle multiplicité de phénomènes, qu'il est difficile de connaître la maladie principale. Si l'on tient compte des complications qui ont pu et dû rendre mortelles des péricardites qui ne l'auraient pas été sans cela, on sera porté à conclure que, dans bien des cas, la péricardite a une terminaison favorable.

SCIENCES MÉDICALES.

De l'éclampsie après l'accouchement.

Eclampsie vient du mot grec εκλαμφις, qui signifie un éclat de lumière. Ce mot a été employé métaphoriquement par Hippocrate et les médecins anciens, pour exprimer l'exaltation des propriétés vitales qui a lieu dans cette maladie à l'époque de la puberté; ils ont encore désigné par ce mot l'épilepsie, surtout celle qui se guérit naturellement vers la puberté. Les modernes ont appelé éclampsie les convulsions qui se développent, d'une manière passagère et par l'effet d'une cause appréciable, chez quelques individus et principalement chez les enfants pendant la dentition, et les femmes avant, pendant et après l'accouchement. Nous n'avons à parler que de l'éclampsie après l'accouchement.

ÉTIOLOGIE.

Nous diviserons les causes en prédisposantes et occasionnelles.

Causes prédisposantes. Les personnes robustes, pléthoriques, qui ont la face animée, le cou court, la tête grosse, qui sont nerveuses, irritables, délicates, abondamment et fréquemment réglées, enfin, qui sont jeunes et s'accouchent pour la première fois, sont exposées à l'éclampsie plus que les autres, quoique l'on puisse être atteint de cette maladie à tout âge, dans toutes conditions, et sous une température quelconque.

Immédiatement après la délivrance, la femme éprouve de grandes modifications dans sa manière d'être ; ses organes, qui se trouvaient distendus, comprimés pendant la grossesse, se trouvent dans un grand état de relâchement ; après la sortie du fœtus, le sang, qui ne pouvait qu'avec difficulté parcourir le système aortique inférieur, s'y précipite alors à pleins canaux. Il n'est pas étonnant qu'après de pareils changements, survenus d'une manière si brusque dans l'intérieur de quelques organes, leurs fonctions n'en soient de beaucoup modifiées.

Causes occasionnelles. Parmi ces causes, nous trouvons : un air impur, une température trop élevée, des émotions vives, des passions trop fortes, les trop longues veilles, l'abus du coït, un trop long séjour dans les salles de bal, de spectacle, l'abus des boissons chaudes, du café, du thé, des liqueurs spiritueuses, un régime succulent, et tout

3

ce qui attire le sang vers la tête , la suppression d'un écoulement habituel, etc.

Il existe encore quelques causes occasionnelles spéciales, qui, d'après plusieurs auteurs, produisent bien plus souvent l'éclampsie que toutes celles que nous venons d'énumérer; ces causes sont : la rétention du placenta ou d'un caillot, une perte abondante, l'inversion de la matrice.

SYMPTOMATOLOGIE.

Les signes avant-coureurs de l'éclampsie sont : de la céphalalgie, des vertiges, des hallucinations, du trouble dans les idées, de la gêne dans les mouvements, l'éclat vif des yeux, un regard effrayé, la coloration de la face, un certain degré de gonflement du cou, de l'irrégularité dans le pouls, de légers mouvements convulsifs dans les muscles du visage, des soubresauts dans les tendons des membres.

Ces symptômes précurseurs existent presque toujours d'après les uns, et rarement d'après les autres. Chaussier et Mme Lachapelle, qui observaient dans le même établissement , ont émis chacun une opinion opposée. Quoi qu'il en soit, on peut faire dériver les symptômes de cette maladie de plusieurs genres de causes prédisposantes : ainsi, la femme qui sera sous l'influence d'un de ces états qui pré-

cèdent le ramollissement pultacé (1) ou phlegma-
sique (2) du cerveau, ou le travail apoplectique
étudié par M. Rochoux (3), présentera principalement les symptômes vers la tête ; s'il existe un
embarras, une affection des voies digestives, les
convulsions seront précédées d'anorexie, de douleur
et de pesanteur à l'épigastre ; enfin, l'éclampsie
débutera par le bassin ou l'hypogastre, et les phénomènes hystériques préexisteront si l'utérus est
malade. On dirait, dans certains cas, que tous les
viscères participent aux convulsions désordonnées
des membres : alors l'estomac produit le vomisse-
ment ; les intestins se débarrassent des matières
fécales ; la vessie se vide ; quelquefois, à cet état
d'agitation succède, avec la rapidité de l'éclair, un
calme parfait, et à la vive coloration de la face une
pâleur mortelle. Vers la fin de l'accès, la conges-
tion cérébrale amène le coma, qui succède en
général aux syncopes et à la perte de connaissance.

Souvent, néanmoins, sans cause prédisposante
connue, la femme tombe dans un évanouissement
dont elle ne sort que pour entrer dans la plus violente agitation ; les membres se tordent et se con-
tractent avec une rapidité et une force étonnantes
(dans un cas cité par Baudelocque, l'occiput et les

(1) Rostan, *Recherc. sur le ramoll. du cerv.*, in-8°.
(2) Lallemand, *Rech. anat.-pathol. sur l'encéphale.*
(3) *Recherches sur l'apoplexie*, 1831.

talons finirent par se toucher); les mains semblent vouloir déchirer la poitrine ou l'épigastre; les traits de la face se convulsent, se décomposent; les yeux roulent dans leurs orbites et semblent vouloir en sortir; la face se tuméfie au point de devenir pourpre; il y a des mouvements spasmodiques des mâchoires; la bouche lance au loin une eau écumeuse; la langue est agitée et souvent même mordue; enfin, il y a menace de suffocation. Lorsque la maladie s'exaspère à ce point, ce qui arrive rarement, la mort peut survenir en quelques heures.

La durée de l'accès varie comme son intensité, elle peut être de quelques minutes, d'un quart d'heure et même d'une heure. La perte de connaissance peut pourtant se prolonger au-delà de plusieurs jours, quand le coma ne survient pas. M. Velpeau cite un cas dans lequel la malade eut une attaque de soixante-quinze heures (1). Le plus souvent les accès sont multiples : tantôt la malade reprend connaissance pendant les intervalles; tantôt elle reste plongée dans le coma. M. Velpeau et autres croient avoir remarqué qu'un second accès est souvent indiqué par une lenteur très-grande du pouls : il est suivi d'un état de torpeur plus long que la première fois, et qui disparaît soit définitivement, soit pour faire place à un autre accès.

Il arrive qu'après la disparition de l'accès, ou

(1) *Des convuls. av. pend. et apr. l'accouch.*, thèse, obs. 22.

l'audition, ou la vision, ou l'olfaction, ou quelques-unes des facultés intellectuelles, ont subi de graves atteintes. Nous avons vu une fille de 19 ans sortir de l'accès, tantôt avec un bras, tantôt avec une jambe paralysés; l'apparition d'un second accès délivrait un membre pour en paralyser un autre jusqu'au troisième.

Enfin, la femme, en revenant à elle-même, semble sortir d'un long sommeil, ignorant complétement ce qui s'est passé.

TERMINAISON.

L'éclampsie se termine ou par le retour à la santé, ou par une autre maladie, ou par la mort. Lorsque la malade doit guérir, les accès cessent tout-à-coup, ou s'éloignent et s'affaiblissent peu à peu; l'assoupissement se dissipe, et la femme semble sortir d'un long rêve. Les symptômes comateux l'emportent sur les phénomènes convulsifs quand la maladie doit occasionner la mort, qui arrive après une durée fort variable. Denman cite une femme qui mourut au bout de trente-cinq minutes; Chaussier et autres en ont vu mourir au bout de quelques heures : ces morts promptes sont occasionnées par des épanchements dans le cerveau, par la rupture de l'utérus(1),

(1) Hamilton, *Mal. des fem.*, p. 150. C. Baudelocque, p. 54.

quand l'éclampsie suit immédiatement la délivrance.
On doit pressentir que la substance cérébrale est
plus ou moins ébranlée dans chaque accès ; aussi
l'éclampsie est-elle souvent suivie de lésions qui
conduisent à la manie, au ramollissement du cerveau, à des paralysies: on l'a vue produire l'amau-
rose, la folie, etc., etc. (1).

PRONOSTIC.

D'après tout ce que nous venons de dire, le pro-
nostic de l'éclampsie, quoique après l'accouchement,
ne peut être que très-grave, moins pourtant que
celui de l'éclampsie avant et pendant l'accouchement. Les convulsions qui se manifestent chez les
femmes hystériques, épileptiques ou d'une grande
susceptibilité nerveuse, celles dont les accès sont
courts et séparés par des intervalles de repos et de
rétablissement de toutes les fonctions, sont moins
redoutables que celles qui surviennent chez les personnes sanguines, pléthoriques, ou dont tous les
organes sont surchargés de sérosités; celles qui sont
accompagnées de coma, de sterteur, de perte de
connaissance, sont bien plus dangereuses; il en est
de même de celles qui ne sont que symptomatiques
d'une affection organique antérieure du cœur, des

(1) Velpeau, *des convulsions av. pend. et apr. l'accouch.*
p. 75.

poumons , du cerveau et de quelque autre organe important.

L'éclampsie ayant de grands rapports avec l'épilepsie et l'hystérie, nous tâcherons , autant que possible, d'établir la différence qui existe entre ces maladies. L'épilepsie est une maladie essentiellement chronique, dont les convulsions et l'état comateux n'ont ni cette fréquence , ni cette intensité , ni cette durée qui rendent l'éclampsie aussi souvent funeste : il est pourtant plus difficile de distinguer l'éclampsie de l'épilepsie que de toute autre affection , à cause de l'altération des facultés intellectuelles qu'on remarque dans toutes les deux. Quant à l'hystérie, on l'en distinguera avec plus de facilité par les sanglots, les pleurs, les cris qui précèdent l'accès , par la boule hystérique , par un sentiment de constriction à la gorge ; du reste , elle ne présente qu'une légère altération des facultés intellectuelles.

On a quelquefois confondu l'état de stupeur avec l'apoplexie ; mais cette dernière n'offre des convulsions ni avant , ni pendant, ni après l'attaque.

CARACTÈRES ANATOMIQUES.

L'anatomie pathologique ne nous donne encore aucun renseignement précis sur la nature de l'éclampsie. On a bien signalé des épanchements

séreux dans les ventricules cérébraux, des en-
gorgements des veines et des sinus encéphaliques,
de la rougeur dans les méninges, des traces de
congestions; mais tout ceci semble être l'effet plutôt que la cause réelle de la maladie, car le plus
souvent on ne trouve aucune lésion appréciable.
Des médecins anglais ont attribué l'éclampsie à un
transport d'action de la matrice sur les centres
nerveux, l'irritation étant transmise de l'utérus au
cordon rachidien par l'intermède des nerfs hypo-
gastriques. Avec le temps, on pourra peut-être
apprécier à leur juste valeur ces assertions qui ne
sont aujourd'hui qu'hypothétiques.

TRAITEMENT.

L'apparition des symptômes précurseurs étant
ordinairement exprimée par de l'irritation cérébrale,
ou bien par des douleurs épigastriques, les anti-
phlogistiques seront les moyens les plus propres
pour les combattre. Rarement on peut se passer
d'une saignée générale; souvent même il faut y re-
venir à plusieurs reprises. La saignée du pied serait
préférable à la saignée du bras, si elle n'offrait
plusieurs inconvénients; on préfère donc cette dernière. On peut faire suivre les saignées générales
des saignées locales, soit au moyen des sangsues,
soit au moyen des ventouses scarifiées. Il est bon
d'associer aux émissions sanguines, les bains comme

moyen sédatif puissant, de même que les dérivatifs et les anti-spasmodiques.

Néanmoins Mme Lachapelle, M. Dugès et Desormeaux n'accordent aucune confiance aux anti-spasmodiques, si ce n'est pour le genre d'éclampsie qui se rapproche de l'hystérie. Velpeau croit qu'ils préviennent plutôt qu'ils ne guérissent les accès un peu intenses ; il conseille pourtant d'administrer l'acétate de morphine en poudre à la dose d'un quart de grain ou d'un demi-grain, toutes les deux ou trois heures, dans une cuillerée d'eau froide : ce sel agit avec autant d'efficacité, comme calmant, que l'extrait et les teintures d'opium, et favorise moins les congestions.

Les vomitifs ne conviennent guère que lorsqu'il y a des symptômes d'embarras, ou bien quand l'éclampsie se manifeste dans les cas de surcharge intestinale.

Les révulsifs ont été assez généralement employés ; mais comme il est ordinairement impossible de faire parvenir ces médicaments par la bouche, on est obligé d'avoir recours aux lavements purgatifs ; et, dans ce cas, une once ou une once et demie de sel de cuisine, dissous dans une suffisante quantité d'eau, est toujours le plus commode et souvent le meilleur moyen à employer.

M. Larrey s'est servi avec succès des ventouses sèches dans les convulsions partielles et quand la maladie n'était pas grave.

Les sinapismes de farine de moutarde ont été préconisés par beaucoup de médecins, à cause de la promptitude de leur action, et parce qu'ils ébranlent vivement tout le système nerveux : on les emploie en cataplasmes, dont on couvre successivement les pieds, les mollets, les genoux et les cuisses; pourtant Velpeau et Dugès croient qu'ils deviennent nuisibles lorsqu'il n'y a ni torpeur ni coma.

Les vésicatoires ont acquis plus de réputation que les sinapismes, dans la pratique, et cette réputation leur est bien méritée d'après les expériences de Velpeau, Baudelocque, Chevreul, etc., etc. : on les applique aux jambes, à la nuque, dans le dos.

Les bains tièdes sont assez rarement employés comme favorisant les congestions cérébrales; toutefois on pourrait les administrer en appliquant, pendant le bain, la glace sur la tête du malade, ou bien quand les convulsions n'offrent pas des symptômes apoplectiques.

Les topiques glacés conviennent quand l'éclampsie est accompagnée de céphalalgie violente, de chaleur vive au front. MM. Harvie et Chaussier, tenant à obtenir une diaphorèse, plaçaient en même temps sur le ventre une vessie d'eau chaude et des flanelles, faisaient des fomentations sur les jambes et sur les cuisses, et enveloppaient les pieds de cataplasmes chauds.

Si l'éclampsie qui survient immédiatement après l'accouchement, tient à la présence de quelque caillot dans la matrice, la première indication est de débarrasser cet organe de ce qu'il peut contenir ; si elle dépend de la déplétion subite qui vient de s'opérer, d'une perte trop abondante de sang, d'une rupture du col, du périnée ; les injections émollientes, narcotiques, détersives ou anti-septiques, suivant la cause supposée du mal, seraient les moyens à employer contre les convulsions après l'accouchement.

SCIENCES ACCESSOIRES.

Quels sont les phénomènes de la respiration dans les végétaux, et quelles sont les parties de la plante qui sont spécialement le siége de cette fonction ?

La respiration, dans les végétaux, est la fonction par laquelle les substances aériennes et gazeuses sont aspirées et expirées à travers les parois végétales qui jouent le rôle d'un crible. De même que les animaux, les plantes tant aériennes qu'aquatiques ne sauraient vivre sans air atmosphérique, et comme eux elles périraient par asphyxie.

Les expériences de Théod. de Saussure et de Sennebier démontrent que les parties vertes des plantes, au soleil, décomposent le gaz acide carbonique de l'air, s'emparent du carbone qui accroît leur partie solide, retiennent une petite partie de son oxygène et dégagent le reste. Nous pourrions citer mille expériences à l'appui de ce que nous venons d'avancer, mais nous nous contenterons d'une seule

M. Gilby a placé une touffe de graminée au soleil, dans un vase qui contenait au commencement de l'expérience : azote 10,507 pouces cubes, oxygène 2,793, acide carbonique 5,700 ; et au bout de quatre heures seulement, il assure y avoir trouvé (l'azote restant le même) l'oxygène accru à la dose de 7,79 et l'acide carbonique réduit à 0,38.

Les rayons solaires sont d'une nécessité si absolue pour la décomposition du gaz acide carbonique, et conséquemment pour la nutrition des végétaux, que les plantes qui en sont privées s'étiolent et finissent par périr. Il est donc clair que, pendant la nuit, la décomposition du gaz acide carbonique n'aura pas lieu ; mais si l'on place des feuilles vertes dans un récipient plein d'air atmosphérique, on remarque que la quantité d'azote n'y est point altérée, et que la quantité d'oxygène y a diminué dans une proportion notable. Ce gaz oxygène, inspiré par les parties vertes des plantes pendant la nuit, n'y reste point à l'état élastique, car on ne peut l'en extraire, ni avec la chaleur, ni avec la pompe pneumatique ; il ne s'identifie pas non plus avec la plante, puisque les rayons solaires l'en dégagent ; il paraît donc qu'à l'époque de l'inspiration, il s'unit avec la partie carbonique des matières organiques en dissolution dans l'eau de la sève, qu'il y forme de l'acide carbonique, lequel est de nouveau décomposé par la lumière solaire, sous l'influence de laquelle la plante s'approprie le carbone et un peu d'oxygène, tandis qu'elle rejette le reste avec le peu d'azote que les tissus pouvaient contenir.

Toutes les parties colorées, c'est-à-dire qui ne sont pas vertes, ne s'assimilent point l'oxygène de l'air; mais, soit de jour, soit de nuit, cet oxygène s'empare d'une portion de leur carbone pour former l'acide carbonique, qui tantôt devient libre dans l'atmosphère, tantôt se dissout dans l'eau ambiante ou bien dans l'eau de végétation, et peut ainsi être de nouveau décomposé par les parties vertes. Ainsi fonctionnent les racines, les rhizomes, les tubercules et les bulbes, ainsi que les parties extérieures non colorées en vert, telles que les branches, les fleurs et les graines lorsqu'elles ne sont plus dans leur état de torpeur et que la germination y est déterminée. Les fruits verts se conduisent avec l'air atmosphérique comme les feuilles; mais les fruits mûrs et colorés forment de l'acide carbonique avec leur propre carbone et l'oxygène de l'air.

Nous voyons, qu'à proprement parler, il n'y a que les parties vertes qui respirent; pourtant les autres parties du végétal concourent puissamment à l'exécution de cette fonction, en formant, avec l'oxygène de l'air et leur carbone, une plus ou moins grande quantité d'acide carbonique, qui, comme nous l'avons déjà vu, est décomposé par les parties vertes, sous l'influence de la lumière solaire.

ANATOMIE ET PHYSIOLOGIE.

Quelle est la partie principale de l'appareil auditif?

L'oreille offre la plus grande simplicité de structure dans les animaux des classes inférieures : elle consiste en une capsule osseuse ou fibreuse , qui, d'un côté , reçoit les vaisseaux et les nerfs qui tapissent son intérieur, et de l'autre, présente une ouverture qui permet aux ondes sonores d'arriver jusqu'à la pulpe nerveuse; ainsi , dans l'écrevisse , l'appareil auditif ne présente qu'un sac fibreux , rempli d'un fluide gélatiniforme , recevant de son intérieur le système nerveux spécial de l'ouïe , le nerf acoustique , et communiquant à l'extérieur par une ouverture. A mesure que nous montons dans l'échelle animale , nous voyons l'appareil se compliquer de plusieurs pièces, telles que le pavillon , la membrane du tympan, calculées d'après les lois physiques de la propagation du son ; mais ces pièces ne sont pas d'une nécessité absolue , puisqu'elles n'existent pas dans l'oreille de certains animaux, qui pourtant jouissent d'une ouïe très-fine ; il en est d'autres, au contraire, telles que le nerf acoustique, la lymphe de Cotugno, etc., très-propres à développer l'action d'impression, et qu'on trouve partout où existe le sens de l'ouïe. Quoique quelques-unes de ces parties ne servent que mécaniquement à l'audition, elles y sont prochainement nécessaires : telle est la lymphe de Cotugno, qui ne perçoit pas elle-même les sensations, mais contribue beaucoup à les faire percevoir, en entretenant le nerf dans un état de souplesse convenable et en transmettant les vibrations.

Ces pièces, qu'on rencontre constamment dans toute oreille qui jouit de la faculté d'entendre, se trouvent réunies dans l'oreille interne de l'homme, et plus spécialement dans le vestibule, le labyrinthe, etc., etc. ; aussi ne balancerons-nous pas à dire que l'oreille interne est la principale partie de l'appareil auditif.

Nous aurions pu abréger de beaucoup notre question, en répondant que le nerf acoustique est la seule partie essentielle dans l'appareil auditif : en effet, sans lui, il n'y a plus possibilité d'entendre.

FIN.

PARALLÈLE

DU CANCER SQUIRRHEUX ET DU CANCER ENCÉPHALOÏDE

DU TESTICULE.

QUESTIONS TIRÉES AU SORT.

**Comment reconnaître un composé de matière animale
et d'une préparation d'argent?
Quels sont les rapports des amygdales avec les objets environnants?
Parallèle du cancer squirrheux et du cancer encéphaloïde
du testicule.
Des complications de la méningite.**

THÈSE

*Présentée et publiquement soutenue à la Faculté de Médecine de Montpellier,
le 30 Juillet 1838,*

par A.-Casimir MICHEL,

de Cadenet (Vaucluse),

Pour obtenir le Grade de Docteur en Médecine.

Si desint vires, tamen est laudanda voluntas.

MONTPELLIER,

Chez JEAN MARTEL AÎNÉ, imprimeur de la Faculté de médecine,

Rue de la Préfecture, 10.

1838.

Milton Keynes UK
Ingram Content Group UK Ltd.
UKHW041056241024
450026UK00018B/310